盾

SHIELD《シールド》

村上龍

[絵]はまのゆか

幻冬舎

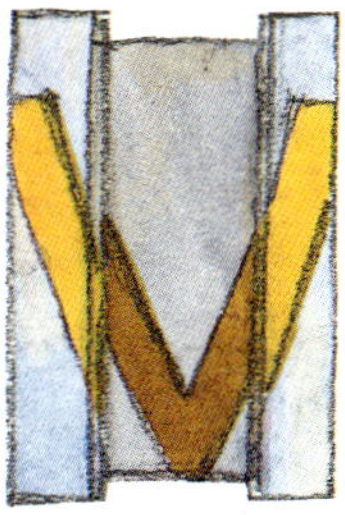

アジアの東の端《はし》に、ある島国がありました。その国のほぼまん中あたり、山と湖に囲まれた小さな村があって、そこにコジマとキジマという二人の少年が住んでいました。コジマの家は山すその果樹園を経営していました。キジマの父親はとなり町にある電気会社で働いていましたが、両家とも自宅のそばの畑で野菜もつくっていました。貧しくもないが、それほど豊かでもないという暮らしの中で育った二人は、同じ年齢《ねんれい》で、家も近所だったので、周囲の大人たちからよく比べられました。

　体格のいいコジマは学校から帰ると、いつも愛犬のシェパードといっしょに果樹園で両親の仕事を手伝います。やせっぽちのキジマは、畑仕事を手伝いなさいと言われては逃《に》げまわって、愛犬のコリーと遊びまわってばかりいました。コジマは、両親の言いつけをよく守り、だれとでも仲良くできる性格だったのですが、キジマのほうはいつも険《けわ》しい目つきをして気むずかしく、親や近所の大人たちとうまくやっていくのが苦手でした。しかし二人は、あんがい仲が良かったのです。

　学校からの帰り道、二人は大人のいない森や原っぱや川岸で、よく話をしました。二人だけでいるときは、子どもどうしということで、正直になれたのです。

「おれだって、気分の悪いときがある。そういうときは、ニコニコするのもイヤだし、親の言うことも聞きたくないんだ。でも、おれはなぜか、ついどんなときでもニコニコとほほえんで、良い子になってしまう。本当はキジマみたいに、ときどき悪い子になれば、どんなに楽だろうと思うんだよ。だから、学校では、おれは頭のいい子だって言われているけど、本当はキジマのほうが頭がいいんだろうなといつも思ってるんだ。だって、他人からほめられるよりも、好きなように生きたほうが楽じゃないか」

コジマが不機嫌《ふきげん》そうな表情でそうキジマに言いました。キジマはニコニコしながらそれを聞いていました。大人たちといっしょにいるときはいつも苦虫をかみつぶしたような顔をしているキジマですが、コジマと二人きりのときは明るい笑顔《えがお》を見せるのでした。

「そうなのか。奇妙《きみよう》だな。おれはコジマのようにいつも笑顔でみんなと接したいとよく思うんだよ。おれって、あまのじゃくだから、大人たちがこうしろって言えば、そうしたくないし、庭が汚《きたな》いから掃除《そうじ》でもしようかなと思っていても、庭を掃除しろって親から言われたら、ついイヤだと反抗《はんこう》してしまうんだ。そういうときには、おれってひねくれ者で、なんてイヤなやつだろうって思うんだよ。だからおれはずっと、コジマってなんて利口なやつだろうと思っていたんだ」

キジマがそういうことを言うと、コジマは、むずかしいもんだなとつぶやいて、微笑《ほほえ》みを見せました。

遠くの丘《おか》を見ると、二人の犬が走りまわって遊んでいます。どうすればいいんだろう、とコジマが言って、だれかの意見を聞いてみるのはどうだろうとキジマが提案し、二人は顔を見合わせてうなずきあいました。

コジマとキジマは、それぞれの犬を連れて、丘を上り、山に入りました。谷川沿いの細い道を上っていきます。鳥たちの鳴き声が大きくなり、川面《かわも》が日差しを反射してきらきらと輝《かがや》いています。コジマのシェパードも、キジマのコリーも、山の中が大好きでした。山道を駆《か》けまわっては、谷に下りていって川の水を飲み、いきいきとしています。

「いるかな、名なしの老人は」

コジマが歩きながらそう聞きました。

「いるさ、あの人はあまり山を下りないからな」

キジマが汗《あせ》をふきながらそう答えます。名なしの老人というのは、山の中に隠《かく》れるように住んでいる一人のおじいさんのことでした。そのおじいさんは、もともと村に住んでいましたが、若いときに村を出たきり、両親のお葬式《そうしき》にももどらず、知らない土地で暮らしていたそうです。そしてコジマとキジマが生まれる前の年、とつぜん村にもどってきて山の一部分を買い取り、そこに住み

ついたのだそうです。

10年ほど前までは、斜面《しゃめん》で牛を飼って暮らしていました。しかし腰《こし》を悪くしてからは、窯《かま》で皿や茶碗《ちゃわん》や壺《つぼ》を焼いたり、絵を描《か》いたり、お気に入りのハンモックに横になって何かむずかしそうな本や気持ちの悪い絵が描いてある本を読んでいたり、そういう生活を送っていました。

食料を買いにときどき村に下りてきますが、昔の知り合いはみな死んでしまっていて、おまけに人づきあいがあまり好きではないようで、村人はだれも近づこうとしませんでした。半年ほど前、森のけもの道で腰の痛みのために動けなくなっていたところを、コジマとキジマが手を貸して助けたことがありました。そのときコジマとキジマは、おじいさんの両方の脇《わき》を支えて、小屋にもどる手助けをしたのです。おじいさんは二人に礼を言って、古いスプーンやフォークを折り曲げたりくっつけたりしてつくった奇妙な虫の置きものをプレゼントしてくれました。

「なんだ、おまえらか、何しに来たんだ」

名なしの老人は、小屋の前の斜面で、ヒモで編んだ大きなハンモックに寝《ね》ころんで本を読んでいました。ポカポカとした日差しがハンモックの影《かげ》を草地に伸《の》ばし、ひんやりとする気持ちのよい風が丘の向こうがわからわたってきます。名なしの老人ですが、罪を犯《おか》して刑務所《けいむしよ》にいたことがあるとか、都会で大きな会社を経営していたとか、ロックバンドをやって大ヒットをいくつも出し大金をかせいだとか、詐欺《さぎ》に近いことをやって今でも警察に追われているとか、いろいろなうわさがありました。でも本人は何も語らないし、いつしか名前も忘れられてしまい、それで名なしの老人と呼ばれるようになったということです。

「あのう、ぼくたちは聞きたいことがあって来ました」

コジマがそう言ってハンモックに近づきました。名なしの老人は、眠《ねむ》そうな顔のまま、読んでいた本から二人に目を移しました。面倒《めんどう》くさいな、といった顔つきでした。でも、この人に相談するしかない、コジマとキジマはそう思いました。良い子だと言われているけど本当はときどき悪い子になってみたいとか、悪い子だって言われているけど本当は良い子になりたいんだとか、そもそも頭がいいってどういうことなんだろうとか、ほかの大人に言っても相手にしてもらえない気がしたのです。二人は、おたがい考えていたことを名なしの老人に打ち明けました。本当に頭がいいのは、どっちなんでしょうか。

「なんだ、そんなことか」

名なしの老人はつまらなそうにそうつぶやいたあと、急に大声で笑いだし、草地で走りまわっているシェパードとコリーを指さしました。

「あの2匹《ひき》の犬をここに呼べ」

二人が指笛を吹《ふ》くと、2匹の犬はそれぞれのかたわらに駆け寄ってきます。ふだん知らない人には激しく吠《ほ》えるのですが、名なしの老人がすぐそばにいても、おとなしく尻尾《しっぽ》をふるだけでした。腰をかばうようなゆっくりとした動きで、名なしの老人はハンモックから降り、2匹の犬をながめながら言いました。
「こいつら、このハンモックに跳《と》び乗れるか」
　簡単だよ、とコジマが応じました。こいつらは走ったりジャンプしたりするのが大好きなんだから、キジマがそう言って、コリーに向かって、ほら、ここにおいで、と呼びかけました。ハンモックは、大きなイチョウの木の幹《みき》と地面に埋《う》めた鉄の支柱に、じょうぶなロープで結びつけられていました。コリーは、キジマが合図を送ると、すぐに地面からハンモックに跳び乗りました。
　しかし、ハンモックは1本のロープで木の幹と鉄柱に結びつけられているだけなので不安定です。じょうずにバランスをとらないと、グラグラと揺《ゆ》れて裏返ってしまうのです。コリーは、跳び乗ったあと、揺れるハンモックの中で腹ばいになることもすわることもできず、あっという間に背中から地面に転げ落ちてしまって、キャインキャインという悲鳴を上げました。

「よし、次はおまえだ、乗れ」

今度はコジマがシェパードに命じました。シェパードはコリーが転げ落ちるところを見て、少し緊張《きんちょう》ぎみでしたが、コジマがハンモックをぽんぽんと叩《たた》くと、すかさずジャンプして跳び乗りました。しかし乗り移ったときに、後ろ足がハンモックを編んでいるヒモのすき間に入りそうになり、あわててそれを引き抜《ぬ》こうとして、その拍子《ひようし》に大きくバランスをくずし、肩《かた》のあたりから地面に墜落《ついらく》してしまいました。どすんという音がして、シェパードはキャンという鳴き声を上げ、見ていた名なしの老人は、なぜか満足そうにほほえんでいます。

「なんだ、こいつら、乗れないじゃないか」

名なしの老人にそう言われて、キジマがふたたびコリーにハンモックを示し、跳び乗るように命令しました。でもコリーは、地面に伏《ふ》せたまま、からだを動かそうとしません。キジマは何度もハンモックをぽんぽんと叩き、もう一度跳び乗るようにと、やさしい声で言ったり、き

つい調子でしかったりしますが、コリーは地面に腹ばいになったままけっしてジャンプしようとはしませんでした。

しかしシェパードのほうは、コジマが命令すると、体《たい》勢《せい》を立て直してすぐにふたたびジャンプしました。今度は足がヒモのすき間に引っかかることもなく、じょうずにハンモックのまん中に跳び乗りました。からだを低くしたほうが安定すると動物の本能でわかったのでしょう、すぐに後ろ足を折るようにしてすわろうとしています。でもその間もハンモックは、波にただよう小舟《こぶね》のように、ロープを軸《じく》に回転するように大きく揺れるのです。シェパードは最後にはバランスをくずしてしまい、グルリとからだがかたむいて、またしても地面に転げ落ちてしまいました。

キジマはそのあと何度もハンモックに乗るようにコリーに命令しました。でもコリーは地面に伏せて前足に頭を乗せたまま顔も上げず、けっして立ち上がろうとしません。いつしかキジマはあきらめてしまいました。

シェパードのほうは、何度ハンモックから転げ落ちてもジャンプするのをやめませんでした。コジマが命じると、すぐに勢いよくハンモックに跳び乗ります。何度もやっているうちに地面に落ちるまでの時間が少し長くなりましたが、そもそも犬はハンモックには向いていないようで、かならず大きくバランスをくずしてしまうのでした。それでもシェパードの身のこなしはさすがで、10回ほど挑戦《ちょうせん》したあとは、地面に転げ落ちる前に、ちゃんと自分でハンモックから飛び降りるようになりました。

「気づいたか」

２匹の犬の首のあたりをなでてやりながら、名なしの老人がそう二人に聞きました。キジマとコジマは、顔を見合わせてポカンとしています。いったい何に気づくべきなのでしょうか。まったくわかりません。

「一度の失敗でこりて、もう二度とハンモックに乗ろうとはしなかったコリーと、何度も何度も命令どおりにジャンプして何度も何度も落ちたこのシェパードと、どちらが頭がいいんだ？」

それはおれのコリーに決まっている、とキジマが言いました。

「だって、一度転げ落ちて、それにこりてもうハンモックに乗るのをやめたんだから、頭がいいということじゃないか」

キジマがそう言うと、コジマが、そんなことはないぞ、と口をとがらせました。

「おれのシェパードは、何度でも挑戦したんだ。それこそ頭がいい証拠《しょうこ》だ」

二人は言い合いましたが、その間にコリーとシェパードはハンモックのことなんかすっかり忘れたかのように、斜面の原っぱを駆けまわりはじめました。

「ダメだ、何もわかっていない」

名なしの老人はそう言って、腰に負担がかからないようにそうっとハンモックに乗り、二人を無視して本を読みはじめます。キジマとコジマは、どうしたらいいのかわからなくて困ってしまい、泣きだしそうな顔をしています。そして、二人で声をそろえて言いました。ぼくたちにはわかりません、教えてください。すると名なしの老人は顔を上げて、意味がないんだ、とボソッと、まるで怒《おこ》ったような調子でそう言いました。

「どちらが頭がいいかなんて、だれにもわからないんだよ。だれかの都合で、頭がいいとか、悪いとか、決められるだけだ。コリーは、転げ落ちて痛いのはもうごめんだと二度と跳び乗ろうとしなかった。シェパードは命令にしたがって何度でも跳び乗った。命令にしたがうほうが都合がいいと考えるやつらは、シェパードは頭がいいとほめるだろう。しかしむだなことはしないほうが都合がいいと考えるやつらは、コリーのほうが頭がいいとほめるだろう。それだけのことだ。おまえら子どもだって同じだ。国や社会にとって利用しやすくて、利益になりそうな子どもを、頭がいいとほめる。国や社会の役に立ちそうにもない子どもは、クズと言われる。でもそんなことには意味がないんだ」

キジマとコジマの二人はすっかり混乱してきました。名なしの老人が話すことは、これまで大人たちから聞いたこととまるっきり違《ちが》っています。それが正しいのかどうかはわかりませんが、とても力がありました。どうすればいいのかわからないまま、二人がとぼとぼと帰ろうとすると、待て、と名なしの老人が呼び止めました。こちらに来いと手招きをしています。近づいていくと、名なしの老人はハンモックの中に転がっていた果物を手にとって二人の目の前にかかげました。

「これはアボカドという南のほうの果物だ。味はまぐろのトロに似ているのでしょうゆとわさびをつけて食うとうまい。中心にはたねがある。そのたねは食べられないが、このアボカドという植物にとってはとてもたいせつだ。人間にも、からだの中心にとてもたいせつなものがある。それは、心と呼ばれたり、精神と呼ばれたりする。呼び名はどうでもいいが、果物と反対で、とてもやわらかいんだ。何かうれしいことがあると、胸のあたりがあたたかくなって気持ちがよくなるだろう。逆に、悲しいことがあると、胸のところが痛くなり、不安なことがあると胸のあたりが苦しくなる。それは、からだの中心にあるたいせつなものが、いろいろなできごとに反応して信号を出しているからだ。きれいな景色や花を見たり、美しい音楽を聞いたりすると心がふるえてきて、感動するだろう？　どうしてなのかわかるか。ある女の子を好きになったり、ある先生をきらいになったり、どうして人を好きになったりきらいになったりするのかわかるか。そういうときに、かならずそのたいせつなものが働いているんだ。だから人間は、そのからだの中心にあるやわらかいものを、どうにかして守っていかなければならないのだ。守ることができなければ、そのたいせつなものは、しだいにかたくなっていって、ちぢんでいき、やがては乾《かわ》いた犬のクソみたいになってしまう。そうなると人間は、まるで化石のようになって、感情も感動もおどろきも、考える力も、何もかも失ってしまうんだ」

コジマとキジマは、心臓をドキドキさせながら名なしの老人の話を聞きました。たいせつなものがあるから、うれしさや悲しさを感じるのだ、と言われたときは、なるほどと思いました。自分のからだの中心にそのたいせつなものがあるのがわかるような気がしたのです。しかし、守ってやらなければそのたいせつなものはいつのまにか犬のクソみたいになってしまうと聞いたときは、背《せ》筋《すじ》が冷たくなるほど怖《こわ》くなりました。自分のからだの中心が乾いた犬のクソになってしまうのが目に見えるようでした。

じゃあ、どうやって守るんですか、と必死に二人は聞きました。すると老人は、短く答えました。

「盾《たて》、シールドが必要だ」

シールド？　と二人は同時につぶやき、どういうシールドですかとまた聞きました。でも名なしの老人は、ぷいとうしろを向いて、自分で考えろ、と言ったきり、そのあとは何も話してくれませんでした。

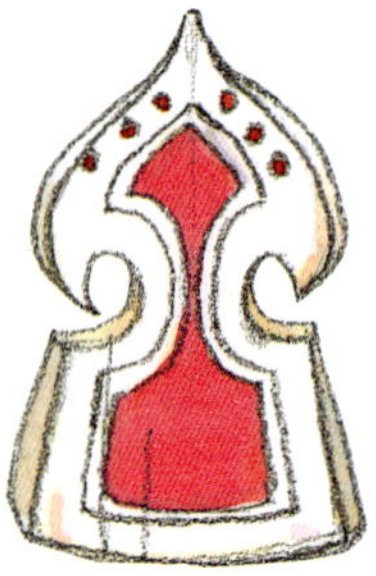

どうやったらシールドを手に入れることができるのか。コジマとキジマはそのあとずっと考えました。シールドに関する本を図書館で探したり、ＲＰＧのＴＶゲームによく登場するシールドに何かヒントがないかとさぐったりしました。でも結局、何もわかりませんでした。しかし、親やほかの大人、それに学校の友だちや先生には相談しようとは思いませんでした。名なしの老人に聞いたシールドのことは二人だけの秘密のような気がしていたからです。

ある日、二人は約束をかわしました。最初に言いだしたのはキジマですが、コジマも似たようなことを考えていたようです。シールドの秘密がわかったときには、ほかのだれにも教えないで、あの名なしの老人の小屋の前

で会って、おたがいに教え合う、そういう約束でした。

やがて二人は中学に進学し、そしてとなり町にある高校へと進みました。村の小さな中学はクラスが一つだけだったこともあって、二人は中学ではずっと変わらずに仲良しでした。中学2年のときに、二人は村はずれで不良たちにからまれ、ケンカになったことがあります。大きなからだのコジマがやせっぽちのキジマをかばい、二人ともよく闘《たたか》ったのですが、相手は4人もいて、ひどく殴《なぐ》られてしまいました。そのとき、キジマは、シールドはみずからを守るものだったと思い出し、ボクシングをはじめました。いっしょにやろうと誘《さそ》いましたが、コジマは興味がなく、そのときから二人は別の行動をすることが多くなりました。

高校では別のクラスになった二人には、変化が起きていました。やせっぽちだったキジマですが、高校に入るとみるみるからだが大きくなり、がっちりとした体格になって、背の高さもコジマと変わらなくなりました。そして高校でボクシング部に入ったキジマは、市の大会の

チャンピオンになり、自信を持ったのか、あまのじゃくだった性格がしだいに直ってきました。中学までは天と地ほども差があった成績も、コジマとほとんど肩を並べるところまで向上してきたのです。

いっぽうのコジマは、中学では勉強もトップで、部活のバレーボールでもキャプテンをつとめ、リーダーとして先生たちからも信頼《しんらい》されていました。しかしとなり町の高校に入学してから、コジマは生まれてはじめて、自分の限界を知ることになったのでした。周辺の町や村から生徒が集まってくるかなり大きな高校だったので、成績はトップではなくなり、バレーボール部に入ってもずっと補欠でした。自信を失ったせいでしょうか、コジマから少しずつ明るさや素直《すなお》さが消えていきました。あれほど仲の良かったキジマとも、あまり話さなくなり、それまではかならずいっしょに下校していたのですが、いつのまにか二人は別々に過ごすようになったのです。

いっしょにいることがなくなった二人ですが、あのシールドの話を忘れてしまうことはありませんでした。コジマはずっと、本当は自分は良い子なんかではないと思っていました。心の奥《おく》に、だれにも見せられない秘密の部分があって、それはときどきコジマを不安にしました。それはよくわからない奇妙な感覚でした。この世の中の、きれいなもの、すばらしいもの、より良いものは、すべて自分とは関係のないところにあって、自分はそれから遠く切りはなされている、というような感覚です。だからそれらに近づくためには、ふつうでは考えられないようなとんでもないことをやらなければいけない、という強い思いがありました。だからコジマは、勉強でもスポーツでもつねに必死で取り組みました。

　またコジマは、キジマをはじめ友だちや、親や、学校の先生をがっかりさせたくないという気持ちもとても強かったのです。だからまわりの人たちをがっかりさせないように、またいやな気持ちにさせないように、笑顔やあいさつを忘れず、友だちや大人たちが喜ぶようにふる

まってきたのでした。

きっとそれがおれのシールドで、本当の気持ちや、だれにも見せない秘密の感情を、そのシールドが守ってくれているんだ、コジマはそう思っていました。勉強が学校でトップになったり、バレーボールで活躍《かつやく》することも、そのシールドを強くしてくれるような気がしました。そして、シールドの役目は人間の中心にあるたいせつなものを守るだけじゃないと気づきました。シールドには、コジマが持つ奇妙な感覚が表に出てこないように心の奥に閉じこめておくという働きもあったのです。

価値のあるものはつねに遠くにあって自分はそれから切りはなされている、という感覚は、ときどきコジマを不安にさせました。そういうときにかぎってコジマは、

キジマや親や先生たちに明るく話しかけ、家の手伝いに励《はげ》み、勉強やスポーツに打ちこみました。するとその感覚は心の奥に引っこんで、気にならなくなるのです。

しかしコジマは、高校に入学してから、シールドがうまく働かなくなったように感じました。勉強もスポーツもトップではなくなり、親ががっかりしているように思えてしかたがありません。成績は悪くはなかったのですが、中学までが良すぎたせいでしょう、大したことがないように見えてしまうのです。

高校２年のある日の朝のことです。コジマにとっては忘れられないことがありました。ナダという名前の心やさしい女の子の同級生がいて、コジマはひそかにあこがれていました。その日登校してきて、前を歩いているナダを見つけたコジマは、おはようと笑顔で元気よく声をかけようとしました。しかしナダは、コジマがあいさつをしようとしたちょうどそのときに、とても仲良しの同級生に気づいてそちらに走りだしてしまったのです。コ

ジマは、自分の笑顔が途中《とちゅう》で急に凍《こお》りついたような感じになって、その場に立ちつくしました。顔とからだと心が、ギューッとかたくなりちぢんでいくようでした。そしてガラスが割れるようなするどい音がからだの内がわで聞こえ、シールドが壊《こわ》れるのがわかりました。

あいつは性格が変わってしまった、しばらくしてからコジマはそう言われるようになりました。明るさや素直さが消えて、だれともあまり話さなくなり、一人でいることが多くなりました。成績はゆっくりと、でも確実に下がっていき、やがてキジマに追いつかれてしまいました。

キジマは、ボクシングをはじめてから、シールドのことが少しわかったような気がしました。自分が強くなっていくのがわかって、ケンカをしてだれかを殴りたくてしょうがないころもありました。でもシールドのことがわかりかけてきたのは、ボクシングの練習によるものでした。ボクシングの試合ははでな殴り合いに見えます。でもボクシングの練習はとてもきびしくて、しかもとても地味です。ランニングとなわとび、それと練習場やトイレの掃除、それがボクシング初心者のすべてでした。

約半年間キジマは、試合はもちろん、サンドバッグを打つのも、シャドウボクシングをするのも、許されませんでした。いっしょにジムに通いはじめた友だちはすぐにやめてしまいました。ただ走ったりなわとびをするだけなら別にボクシングのジムに通うことはない、やめた友だちはそう言いました。まったくそのとおりだとキジマは思いました。何度やめようと思ったかわかりません。

でも、生まれつきのあまのじゃくだったので、ブツブツ文句を言いながらランニングとなわとびと掃除を続けました。

つらくて泣いたり、苦しくて吐《は》いたりしながら3カ月ほどたつと、あるとき羽が生えたかのようにからだが軽く感じられました。とても気持ちのいい感覚でした。そしてボクシングの基礎《きそ》を教えてもらえるようになったときに、よく耐《た》えたな、とほめられました。よく考えたら、大人からほめられるのは生まれてはじめてで、うれしくて涙《なみだ》がこぼれてきました。

そうやってキジマはシールドが自分の中につくられていくのがわかったのです。シールドはボクシングで強くなったからできたわけではありませんでした。バカみたいに単調でつらいランニングとなわとびを続けるうちに、いつのまにか心の中心を保護するように、何かができていたのです。キジマは自分のことを少しだけ好きになり、高校に入るころになると、性格が変わったな、と言われるようになりました。

良い子になったというわけではなく、反抗的なところがなくなったわけでもないのですが、ひねくれた感じがなくなって、険しかった目つきもしだいにおだやかになっていきました。ボクシングジムがファミリーレストランに買収されて、ボクシングはやめましたが、キジマは毎朝のランニングだけは続けました。あるとき走りながら、ふと気づいたことがありました。親や先生の言うことにいちいち逆らっていたのは、何かが怖かったからだ、そう気づいたのです。

自分の中にズカズカと土足で踏《ふ》みこんでくるもの、キジマにとって、それが他人でした。踏みこんでこられるのは怖いことでした。自分がだれだかわからなくなったり、相手に支配されるような不安におそわれたりするからです。ひねくれた受け答えをして、相手の言いなりにならずに反抗することで、土足で踏みこんでくる他人を止めようとしたのです。ボクシングの練習は、キジマに自信を与《あた》えてくれました。その自信が、他人が自分の中にズカズカと土足で踏みこんでくるのを止めてくれるから、もうひねくれて相手をはね返す必要はなくなったんだろう、キジマはそう考えました。

いっしょに過ごすことがなくなってからも、キジマはときどきコジマのことを思い出しました。幼いころから中学まで、キジマにとってコジマは特別でした。同い年で、幼なじみで、家も近所だったというだけではなく、コジマは自分のことをよくわかってくれたし、キジマもコジマのことがなんとなくわかるような気がしていました。性格は正反対だと言われていたけど、本当は似たところがあったのかもしれないとキジマは思うようになりました。キジマとコジマは、自分の影を見るように、おたがいを見ていたのかもしれません。

　ボクシングの練習をつうじて考えたことをコジマに教えるべきだろうかと、キジマは、二人でかわした約束を思い出しました。でも、シールドの秘密がわかったわけではありません。また、コジマとはすでにあまり話さなくなっていました。今さらあの名なしの老人の家に行くなんてバカみたいだ。キジマは忘れることにしました。

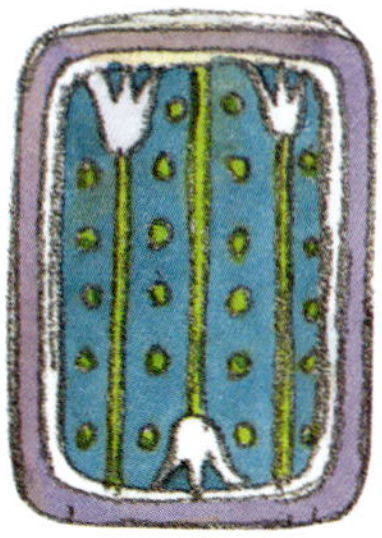

コジマとキジマの二人が久しぶりに会ったのは、高校３年の終わりごろです。そのころ二人の村の近辺にはいろいろな工場や会社が新しくつくられていました。高校を卒業した若者は、それらの工場や会社につとめるのがふつうになっていたのです。二人は、自動車会社で働くための面接の会場で出会ったのでした。コジマは高校の制服を着ていましたが、キジマは灰色の背広を着ていました。父親がつとめる電気会社が大きくなり、キジマの家は以前よりもお金持ちになっていたのです。

そのころは二人の村だけではなく、国じゅうで大きな変化が起こっていました。ずっと農業や漁業が中心だったのですが、自動車や機械をつくる工業が盛《さか》んになっていました。工場や会社や住宅を建てるために、農地を売る家も多くありました。キジマの家は、大きな倉庫ができるときに土地を手放し、となり町に引っ越しました。コジマの両親の果樹園にも買いたいという人が何人もやってきましたが、コジマの父親は、長い間住んだ土地だからと手放しませんでした。

「やあ」

面接会場で、キジマがそう言いました。

「やあ」

コジマもそうあいさつしました。会場でばったり顔を合わせた二人は、たったそれだけのあいさつをかわし、となりどうしにすわっていたのに、あとは何も話しませんでした。

先に面接を受けたのはキジマです。会場には数百人の高校生が集まっていましたが、面接官の机はすぐ前で、コジマには、受け答えするキジマがよく見えました。キジマはとても落ちついていました。ときおり笑顔を浮かべ、どんな質問にもはきはきと答えていました。どうしてうちの会社を選んだのですか、という質問が聞こえてきて、自動車が大好きだし、これからはだれでも自動車を持つようになるはずだから大いに成長すると思うので、けんめいに努力してたくさん自動車を売りたいし、自分

でも自動車を持てるようになりたいと思います、とキジマはそういうふうに答えていました。

あれがおれの知っているキジマなのだろうか、コジマは思わずそうつぶやいて、会わなくなってからの長い時間のことを考えました。灰色の背広を着た男は、いつも眉《まゆ》と眉の間にしわを寄せ、険しい目つきをしてコジマ以外のだれにも心を開かなかったあのキジマとはまるで別人のようでした。ちゃんと宿題をしろと先生に怒られても、畑仕事を手伝えと親にきつく言われても、いつも舌を出してあっかんベーをして逃げまわっていたキジマはいったいどこに行ったんだろう。いっしょに犬と遊んだ日々が、コジマにはまぼろしのように思えてきました。

でも、二人で名なしの老人の住む山に行って、おたがいの犬にハンモックに乗るように命令したのはなつかしい思い出で、まちがいなくじっさいに起こったことでした。キジマのコリーは二人が中学に入った年に伝染《でんせん》病にかかって死んでしまいました。そのときは、コジマもいっしょに裏山にコリーを埋めに行き、泣きじゃくるキジマのそばに長い間つきそっていました。コジマのシェパードも、穴の底で土をかけられるコリーを悲しそうに見ていました。コジマのシェパードはそれからまもなく足のケガにばい菌《きん》が入って、コリーのあとを追うように死んでしまいました。コジマはそれ以来犬は飼っていません。

「大学に進学しようとは思わなかったのですか」

　面接官がキジマにそう聞いています。とにかくなるべく早く社会で働いてみたかったんですとキジマは答え、もし機会があれば大学の夜間部に通いたいと思います、とつけ加えていました。再来年《さらいねん》、自動車会社のすぐ近くに新しい大学ができることになってるそうです。キジマはその大学のことを言ったのでしょう。コジマは大学のことはまったく考えませんでした。もともとコジマの村から大学に行く人は本当にごくわずかでした。大学の数が限られていて、しかもお金がかかるからです。

「次の人」

キジマと入れかわりに、コジマは面接官の前にすわりました。すれ違うとき、二人は何も言葉をかわしませんでした。二人ともなつかしさを感じていたので、あいさつをしようと思ったのですが、これから面接を受けるコジマはひどく緊張していて話しかけるよゆうがなく、面接を終えたキジマはほっとして頭の中がまっ白になっていたのです。

「なんだあいつは、いったいどうしたんだ」

キジマは、ゆっくりと遠ざかっていきながら何度かコジマのほうをふり返り、そうつぶやきました。質問に答えるコジマの声が耳に入ってきたのですが、元気のないボソボソとした低い声でした。どうせ落ちると最初からあきらめているのかな、とキジマは思いました。自動車会社は給料もよくて、立派な宿舎もあり、ものすごい競争になっていたのです。入社できるのは、100人に１人と言われていました。コジマは高校で、平凡《へいぼん》な目立たない生徒になってしまいました。成績もまん中より少し上という程度で、ほとんど友人もいなくて、バレーボールも途中でやめてしまいました。

「あいつは卒業してから、どうするつもりなんだろう」

キジマはもう一度コジマのほうをふり返りました。コジマの家は、周囲の土地が工場や住宅のために開発されたせいで、リンゴやサクランボの出来が悪くなり、あまり売れなくなっていました。そんなコジマに大学へ行くよゆうがあるはずもありません。キジマのほうは、じつは自動車会社への入社がほぼ決まっていました。キジマの父親には、取引先である自動車会社に知り合いが何人もいて、息子《むすこ》をよろしくとたのんであったからです。入社のあと、再来年にできる大学の夜間部に通ってちゃんと卒業すれば、自動車会社でえらくなれると、父親は言いました。

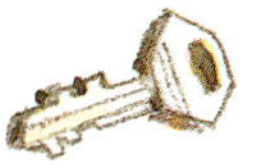

自動車会社に入るのは、キジマの町のまわりのほとんどすべての高校生のあこがれでした。経済が豊かになるにつれて、その自動車会社はどんどん大きくなり、いまや世界じゅうにその名を知られるようになっていました。キジマは半年ほど前、父親に連れられて自動車会社の新工場を見に行ったことがあります。まっ白の建物は、どこまでもどこまでも広がっていて、まるで幼いころに絵本で見た宮殿《きゅうでん》のようだと思いました。まわりには白く高い壁《かべ》がつくられていました。キジマはそんな建物を見たことがありませんでした。

「見てみろ」

父親は、その白く巨大《きょだい》な建物を指さして言いました。

「この会社に入ることができれば、一生、なんの心配もなく暮らしていけるんだ」

その建物を間近で見て、キジマは、自分が何かとても力強いものに包まれるのを感じました。そして、これまでに経験したことのない安心感が生まれました。キジマには、その自動車会社の建物がとてつもなく大きなシールドに思えてきたのでした。

自動車会社の白い建物を思い出しながらキジマは、体育館の出口に向かって歩いていきます。面接の順番を待って緊張している何百人という高校生の列をかき分けるように歩きました。出口で、体育館シューズから靴《くつ》にはきかえながら、ふと最後にうしろをふり返りました。コジマがいる方向に目を向けたのです。でも、大勢の高校生にさえぎられてコジマのすがたはすでに見えなくなっていました。

自動車会社の入社試験に落ちたコジマは、町はずれにある小さな印刷所でアルバイトをはじめました。昔からの印刷所で、そこで働く大人たちはみなコジマのことを知っていました。幼いころの、明るくて元気な良い子だったコジマを知っていたのです。コジマも、最初は演劇で役を演じるように、昔のように明るく元気にふるまっていたのですが、そのうちに、みんなと話したり笑ったりしたあとで、お腹《なか》が痛くなったり、頭が痛くなったりするようになりました。いったん手放したものを、すぐに身につけるのは無理だったのです。

やがてコジマは、印刷所であまりしゃべらなくなり、単純な失敗をくり返すようになりました。みんなはこんなおれのことをどう思っているんだろうと考えると、仕事が手につかなくなって失敗ばかりしてしまうのです。やがて、朝起きて印刷所に行くのがとても苦しくなり、休む日が増えて、結局１カ月もたたないうちにクビになってしまいました。

両親は、どこでもいいから働くようにとコジマに言いつづけました。果樹園の経営はますます苦しくなっていたからです。でもコジマは、自動車会社の面接や、印刷所のことを考えると、新しく仕事を探す気持ちになれません。体育館で行われた面接でコジマは、ひどく傷つきました。面接官に名前を言うのを忘れ、ただボーッとして椅子《いす》にすわっていました。久しぶりにキジマと会って心がさわいで、落ちつかない気分になっていたのです。コジマはただひたすら精いっぱい背筋を伸ばしました。面接官の前では背筋を伸ばしてすわるように教えられていたからです。

君はだれで、ここに何をしに来たんだね、と言われ、コジマはさらに焦《あせ》ってしまいました。心臓がドキドキしてきて口から飛び出しそうになり、がんばります、となんとか勇気をふりしぼり、ふるえる声でそれだけを言いました。すると面接官は、がんばるって何をがんばるんだ、と下を向いて笑いだしたのです。あとから思うとそれほど大きな笑い声ではなかったのですが、コジマは体育館にいる全部の人間が自分を笑っているように感じました。

面接官は途中で首をふって、質問をやめ、横を向いてしまいました。コジマはそれでも背筋を伸ばしてじっと椅子にすわっていました。どうしていいかわからず焦るばかりで、席を立つ力もなかったのです。

印刷所をやめたコジマは、しばらく果樹園の仕事を手伝いました。でも両親からは、果樹園にはもう未来がないからほかに仕事を探しなさいと何度も言われました。周囲の林や畑や草原が、住宅や工場や倉庫、それにゴミ

処理場に変わって、もともと土壌《どじょう》が豊かではなかった果樹園の果物はさらに出来が悪くなるばかりでした。おれのせいで両親はがっかりしている、とコジマは悲しくなり、やがて果樹園の手伝いをやめ、一人で部屋に閉じこもるようになりました。仕事を見つけなければいけないと焦るのですが、あの面接を思い出すと、他人に質問されるのが怖くなってくるのでした。

ある夜、飲みものを取りに来た台所で、となりの部屋の両親の会話が耳に入ってきました。あいつは家に閉じこもるばかりでいったい何を考えているんだろう、と父親がこぼしています。でも、家出をするよりも、家に閉じこもるほうが親としては安心できるでしょう、と母親がなぐさめ、そうだな、と父親がため息まじりに言いました。そういうやりとりを聞いて、なんということだ、おれはいまだに良い子を演じているのか、コジマはそう思ってショックを受けました。

ショックでぼう然となったまま、コジマは家から出て、まず駅に向かいました。どこか遠くへ行きたいと思ったのです。自分が情《なさ》けなくてしょうがありませんでした。きれいなもの、すばらしいもの、より良いものは自分とは関係のないところにあって、はるか遠く手のとどかないところにある、という感覚は、ときおりすがたを現すものではなく、すでにコジマをすっぽりと包みこんでいました。ちょうど虫のサナギのように、その感覚にグルグル巻きにされて、どうあがいても逃《のが》れられなくなっていました。これまでの18年間のすべての思い出は、たった一つの事実だけを示しているように思えました。それは、自分がゴミのような人間だということです。

工場や会社がいくつもできて人口が増えたので駅は新しく建てかえられていました。コジマはどこへ行くあて

もなかったので入場券を買ってホームに入りました。季節は秋でしたが、まわりにはビルが建ちならんで、もう昔のような虫の声は聞こえてきません。夜も遅《おそ》く、終電をのこすだけのホームは人影《ひとかげ》もまばらでした。幼いころからおれはたんに良い子の仮面をかぶっていただけで、シールドなんかどこにもなかったんだ、コジマはそう思いました。

勉強でトップになり、リーダーと言われて親や先生にほめられても、それはシールドなんかじゃない。雨の日の傘《かさ》のようなもので、刀や銃弾《じゅうだん》でさえもはね返すシールドとはまったく別のものだった。どうしてそんなまちがいをしたのだろう。

「コジマじゃないか、こんな時間にどこへ行くんだ」

反対がわのホームに着いた電車から降りてきた知り合いから声をかけられました。中学のバレーボール部の先輩《せんぱい》です。いや、別に、とコジマは口ごもって下を向きました。先輩は、ひどい格好《かっこう》をしているなという目でコジマを見たあとで、歩き去っていきました。コジマは停車中の電車のガラス窓に映《うつ》った自分のすがたを見ました。もうずいぶん散髪《さんぱつ》にも行っていません。白のポロシャツは汗でよごれて黄ばんでいて、下はパジャマ代わりにはいていたジャージのままでした。

行くところなんかない、とコジマはガラス窓に映った自分にそうつぶやきました。今から電車を乗りついで都会に行っても何もすることがないし、何をすればいいかもわからない。行くところがないのにこうやってホームにいるのはなぜだろう。おまえにはわかっているはずだ、とガラス窓に映った自分がそう言ったような気がしました。

「シールドは必要だと思うか？」

自分自身にそう問いかけます。どう考えても、シールドは必要でした。名なしの老人が言ったことはまちがっていませんでした。からだの中心にあるやわらかでたいせつなものを守ってやらないと、おれは永遠に、死ぬまで、仮面をかぶり良い子を演じなければならない、コジマはそう思いました。

「今から電車に乗ってどこかに行って、はたしてシールドが手に入るのか？」

答えは明らかでした。どこに行けばいいのかわかっていないのに、そこでシールドが手に入るわけがありません。

「じゃあ、どうしておまえは電車を待っているんだ」

逃げるためだ、とコジマは思いました。自分がシールドを持っていないということを認めようとしないで、そのことから逃げようとしているのだと、はっきりとわかりました。

「逃げられると思うか？」

逃げられるわけがない、コジマはつぶやきながらホームを歩きはじめました。だって、おれはほかの人間や場所から逃げようとしているわけじゃない。このおれ自身から逃げようとしているんだ。

幼稚園《ようちえん》のころ、自分の影がお化けになって自分を殺しに来る、という怖いおとぎ話を聞いたことがあった。怖くなって、園児たちはみんな走りまわって自分の影から逃げようとした。あれと同じだ。自分からは逃げられない。たとえ世界の果てまで行ったって、そんなのは無理だ。

ホームには都会に向かう電車が入ってきましたが、コジマは駅を出ることにしました。たしかに今のおれはゴミ以下だ、コジマはそうつぶやきながら改札を出ます。でも、と駅の前に建ちならぶビルを見上げて思いました。でも、このゴミ以下の自分以外には、どこを探してもほかに自分はいないから、なんとかしていっしょに生きていくしかない。

キジマは、自分の軽自動車で会社に出勤します。もちろんキジマが入社した自動車会社の車で、社員は安く買うことができました。その車のドアを開け、エンジンをかけて、住宅街を走らせ会社に向かうとき、キジマはとても幸せな気分になりました。ハンドルのまん中には会社のマークが入っています。このマークの入った車に乗るだけでも大変なことなのに、自分はこの車をつくっている会社の社員なんだと思うとうれしくなって、思わずハミングをしたり口笛を吹いたりするのでした。

会社のマークが入った車は人気があって、何人の同級生の女の子が乗せてほしいと言ったか、数えきれません。キジマ君ってすごいんだね、助手席に乗った女の子たちはかならずそういうことを言いました。そういうときにキジマは、こんなもんじゃないさ、と胸をはります。会社でこれからもっとがんばって、軽じゃなく、普《ふ》通《つう》乗用車を手に入れるとキジマはかたく決めていたのです。普通乗用車に乗っている社員は、部長とか課長とか、たい

名物
まんじゅう

てい上のほうの人で、会社でもそう多くありません。それに普通乗用車は値段が軽自動車の３倍近くしました。

入社して２年間、キジマは工場で働きました。営業などの、背広を着る仕事がしたかったのですが、がまんしました。新入社員はかならずまず工場で経験を積むのだといろいろな人に言われたからです。板金《ばんきん》の加工、それに溶接《ようせつ》や塗装《とそう》など技術を必要とする仕事は、専門の職人や工業高校を出た新入社員にまかされていて、キジマがやったのは、部品や道具をそろえたり、機械の油よごれを落としたりという単純な作業でした。でも、キジマは作業服をまっ黒によごしながら、けんめいに働きました。２年間工場でがまんして働けば、そのあとオフィスの仕事に移してやるという約束があったからです。約束してくれたのは、父親の知り合いの、営業部の部長でした。

約束どおり２年後に、キジマは白い建物内にあるオフィスに移ることになりました。そして、その年にできた大学の夜間部にも通いはじめたのです。大学では経済や法律をひととおり勉強しました。でも、会社の中では、大学での勉強よりはるかに大事なことがありました。キジマは半年もしないうちにそれが何かをつかみました。ほかの社員との、じょうずなつきあいです。とくに大事なのは、部長や課長、それに主任といった上司とのつきあいでした。上司にきらわれてしまうと、どんなに努力してもほめられることはありませんし、地位も上がらないのです。どれだけがんばって、どれだけいい仕事ができたか、それを決めるのは上司だからです。

　キジマは、小さいころ悪い子で怒られてばかりだったので、どうすれば大人にきらわれるか、どんなことをすれば大人が怒りだすか、よく知っていました。そして、

会社ではその反対のことをすればいいのだとすぐに気づいたのです。まず、上司の前では、険しい目つきやいやな顔をしないことに決めました。いつも笑顔でいるということではなくて、真剣《しんけん》な表情で、呼ばれたらかならず元気のいい声で返事をします。ぜったいにやってはいけないのは、上司が言うことを、聞きのがしたり、無視したり、否定《ひてい》したりすることでした。

キジマは、上司ととてもじょうずにつきあいましたが、つらいこともありました。酒の席が苦手だったのです。工場からオフィスに移り営業部に入ってから、とくに大学の夜間部を卒業したあとは、上司や取引先といっしょに酒を飲むことが多くなりました。バーや居酒屋《いざかや》、それ

に着かざった女の人がいる店にも行きました。酒が飲めないというわけではなくて、人と人のつきあいの感覚が変わってしまうのが苦手だったのです。酒を飲むと、たいていの人は気分がなごむものです。無口な人がよくしゃべるようになったり、気むずかしい人がよく笑うようになったり、きまじめな人がエッチな冗談《じょうだん》を言うようになったりします。キジマは、それがいやでした。

　会社でキジマは、上司とのつきあいでミスをしないように注意を払《はら》っています。それは、別の人間の仮面をつけて演技をするようなものでしたが、苦しくもつらくもありませんでした。ぜったいにやらなければならないことと、やってはいけないことがいくつかあって、たんにそれを守ればよかったからです。しかし酒を飲んで人が変わる上司の相手をするのは大変でした。キジマはそういうとき、仮面の上に、もう一つ違う仮面をつけているような気分になりました。

　ある夜、いつも行くスナックで、１曲歌え、と上司に言われたことがありました。はい、と大声で返事をして立ち上がり、カラオケのステージに行こうとすると、ばかやろう、という大声が聞こえました。見ると上司が顔をまっ赤《か》にして怒っています。歌えと言われて、はいとすぐに席を立つバカがいるか、上司はそういうことをどなりました。わたしのへたな歌などとても聞かせられるものではありませんと、一度頭を下げなければいけなかったらしいのです。

その上司は、酒を飲むとわけもなく怒ったり、えんえんと説教をするくせがありました。怒りだすとキジマは、ただひたすら頭を下げてあやまるしかありませんでした。そういうときキジマは、ボクシングの練習を思い出して、がまんしました。

でも、上司に好かれると、とても強い安心感が生まれます。父親の知り合いの営業部長は、とくにキジマのことを気に入ってかわいがりました。部長みずからが取引先に出向くときは、かならずキジマをいっしょに連れていくようになりました。それはなかなかないことで、キジマは同僚《どうりょう》からうらやましがられました。営業の勉強にもなるし、取引先のえらい人と知り合いにもなれるからです。

自動車会社に入り、そのマークの入った車に乗るだけでも、とても強いシールドの役目を果たしているようにキジマには感じられます。他人が自分の中にズカズカと土足で入りこんでこないように、見張ったり、止めてくれたりするのです。じっさいに中学や高校の同級生は、キジマのことを、あこがれと興味を示しながら、遠くからながめるようになりました。

会社だけではなく、上司も強力なシールドでした。会社に入って数年たつと、本当に力を持っているのはどの上司かがわかってきました。会社のえらい人たちはいくつかのグループに分かれていて、外からはわからない力関係で結ばれていました。地位はとても高くてもただの飾《かざ》りものという人もいるし、地位は大して高くないただの部長でも、とてつもない力を持っている人もいました。キジマをかわいがった営業部長もその一人です。国を代表する大きな銀行のえらい人の息子で、そのうちさらに出世するとわかっていたので、逆らうものはだれもいませんでした。

そういう人から保護されていると思うと、とても大きな安心感に包まれました。キジマは、悪い子だったころのことをすっかり忘れてしまったかのようです。でも、当然かもしれません。自分の中にあるやわらかでたいせつなものを、ひねくれて反抗することで守っていたころには、安心感などなかったからです。たんに他人がズカズカと土足で踏みこんでくるのをふせいでいただけでした。悪い子になる必要など、もうどこにもありません。キジマは自分の中から、ひねくれた気持ちや、反抗しようとする気持ちが完全に消えていくのがわかって、すっきりしました。まるで害のある虫やばい菌が、ぞろぞろとからだの外に這《は》い出て完全にいなくなるような、そんな感じでした。

コジマは、25歳《さい》になりました。犬の訓練所で働いています。訓練所は実家からかなり遠いので、訓練士の宿舎に寝《ね》泊《と》まりしています。訓練所には100頭近い犬がいます。そのほとんどは、お客さんからあずかっている犬です。訓練所が持っている犬は10頭くらいでしょうか。犬の種類は、ボクサーやリトリーバーやグレートデンなどいろいろですが、数がもっとも多いのはシェパードでした。シェパードはおもに警察犬として訓練を受けます。

コジマが見習いとしてここに来てから、７年ほどがたちます。最初の１年は、犬の小屋の掃除だけをやらされました。いじわるな先輩が一人いて、しょっちゅうしかられ、殴られることもありましたが、シェパードを見ているだけで幸福な気分になれたのでがまんしました。苦しさやつらさは感じませんでした。

見習いの期間が過ぎたあと、はじめてコジマはシェパードの訓練をまかされました。ライカという名前のオスで、都会に住むお医者さんの犬でした。しかし、すぐにわかったのですが、ライカはとてもやっかいな犬でした。いじわるな先輩が、コジマを困らせて追い出してやろうと、押《お》しつけたのだと、あとで知りました。

ライカは、ほかの犬といっしょにするとまったく落ちつきをなくしてしまうのでした。まわりにほかの犬がいないときは、すわれ、待て、伏せ、来い、止まれ、などの基本はきちんとできます。ハードルを跳びこえるのもとてもじょうずでした。でも、まわりに犬のすがたを見ると、こうふんしてしまい、まるで狂《くる》ったかのようにあたりかまわず吠えまくり、しまいにはその犬のほうへ走っていってケンカをはじめることもありました。ほかの犬を見ただけでコントロールがきかなくなってしまうのですから、どうしようもありません。

しかしコジマは、ライカをかわいがり、けっして見放しませんでした。この犬はバカじゃない、ただ神経がとても細いだけなんだ、そう思っていました。ライカは、

散歩をさせるのもひと苦労です。散歩中にほかの犬に出会うと、とたんに切れてしまい、うなりながら向かっていくのです。チワワやマルチーズやシーズーのような小型犬にも、おかまいなしで吠えかかります。小型犬の飼い主の中には、オスのシェパードがひきづなを引きちぎらんばかりにおそいかかってくるので、びっくりして泣きだす人もいました。そういうときは訓練所に苦《く》情《じょう》がきて、コジマは自分の金でお菓子を買ってあやまりに行きました。

コジマは、ライカのそばで長い時間を過ごすことがありました。ライカの横にすわり、首のまわりをなでてやりながら、話しかけるのです。

「どうして、あんな小さな犬に吠えて向かっていくんだ。おまえはあのマルチーズより10倍もでかいんだぞ。もっとどうどうとしてないとダメじゃないか」

ライカはしばらくコジマの目をじっと見ています。そしてそのうち安心しきって、とても気持ちよさそうに目を閉じるのでした。ライカはとてもやっかいな犬でしたが、コジマはかわいくてしかたがありませんでした。おまえはおれに似ているな、寝息《ねいき》を立てているライカに、コジマはそう話しかけます。

ゴミ以下の人間だと自分のことを認めたとき、コジマは小さいころからの記憶《きおく》をたどって、どんなときに自分は楽しかったかを思い出そうとしました。最初は、楽しいことなんか何も思いうかびませんでしたが、やがてシェパードと遊んでいたころのことがなつかしくよみがえってきたのです。自分で訓練所を探して、見習いとして働けるようにと手紙を書き、たずねていきました。給料はひどく安かったのですが、シェパードといっしょにいられればそれでいいと思いました。

ある夜のことです。その日、ライカは散歩中にトイプードルに向かってはげしく吠えて向かっていき、おびえた飼い主が転んでケガをしました。こいつをこれ以上置いておくのはもう無理だよ、訓練所の所長がそう言って、ライカを持ち主に返すことが決まりました。いっしょに過ごす最後の夜なので、コジマはひと晩じゅうそばにいることにしました。

「おれも必死にたのんでみたけど、ダメだったよ。明日、おまえはここから出ていくんだ」

そう言いながら首をなでてやり、なぐさめていたときです。ライカが、ビクンとして顔を上げ、何かにおびえたように立ち上がりました。落ちつきがなくなり、あたりを見まわして鼻をクンクンさせています。どうしたんだ、だれかいるのか、コジマが声をかけますが、ライカはある方向に顔を向けて、神経を集中させているように見えました。ライカの犬舎《けんしゃ》は、ほかの犬とは少しはなれたところにあります。でも同じ敷地《しきち》の中なので、だれかふしんな者がいれば、ほかの犬も吠えるはずです。

コジマは、ライカを外に出してやりました。するとライカは、もうれつなスピードで駆けだしました。コジマはあわててあとを追います。真夜中で、訓練所は郊外《こうがい》にあるのであたりはまっ暗でした。遠くに街灯があり、細い農道をうっすらと照らしています。

ライカはその農道の100メートル先を走っていました。そしてライカが向かっている農道の先に、オレンジ色の小さなあかりがあってそれがはげしく揺れていました。そこはおじいさんとおばあさんが二人だけで住んでいる農家でした。

火事だ、コジマは、からだじゅうに鳥肌《とりはだ》が立ちました。

「あいつは、においと気配でわかったんだ」

コジマは、訓練所に引き返し、消防署に電話をして、そのあとライカを捜《さが》しに行きました。納屋《なや》の一部が燃えていて、その炎《ほのお》の前にライカはいてはげしく吠えていました。燃えているのは木の壁だけで、火はまだ天井《てんじょう》にはまわっていません。コジマは、母屋《おもや》のとびらを叩いて、おじいさんとおばあさんを起こし、火事を知らせて、逃げるように言いました。

その翌日、コジマは、ライカをあと3カ月おれにまかせてもらえませんか、と所長に言いました。火事を発見したのはおてがらだが、でもあいつはぜったいに警察犬にはなれないから、これ以上置いても意味がないだろう、所長はそう言って首をふります。あいつはたしかに警察犬になるのは無理です、でも、とコジマは言いました。

「あいつは、神経がほかの犬よりもはるかにびんかんなんです。だからおくびょうで、怖がって、吠えて向かっていくんです。おれは、あいつを、警察犬じゃなくて、救助犬として訓練してみたいんです」

救助犬と警察犬はその役割が違います。警察犬は犯人に立ち向かっていく勇気が必要ですが、救助犬に求められるのはするどい感覚とやさしさです。地震《じしん》などで建物の下敷《したじ》きになってしまった人を捜し当てるという役目ですから、攻撃性《こうげきせい》の強い犬ではだめなのです。

コジマの考えは当たっていました。3カ月後、ライカはほとんどトップの成績で救助犬認定に合格したのです。救助犬の訓練をはじめてから、ライカはあまりほかの犬を怖がらなくなりました。でもときどき散歩中に、思い出したようにチワワやシーズーに吠えかかることがあります。

「コジマ、おまえ、外国語は得意か」

コジマが受け持った12頭目のシェパードが、警察犬訓練大会で２席に入ったとき、所長がそう聞きました。英語はきらいじゃなかったですが、と答えると、英語ではなくてドイツ語だ、と言われました。所長はドイツから、血統がいいシェパードを輸入しています。情報を集めたり、品《ひん》評《ぴょう》会《かい》でいいシェパードを探すために１、２年に一度ドイツに行っていました。

「あっちで通訳をたのむんだが、これが、あんがいバカにならないんだ。おまけに通訳の連中は、ドイツ語はわかるが、シェパードのことはわからねえし、だれかうちのやつでドイツ語を勉強してくれたらと思っていたんだが、ここで働いているやつらは、たいていみんな勉強は苦手でな」

やってみます、コジマはそう答えました。

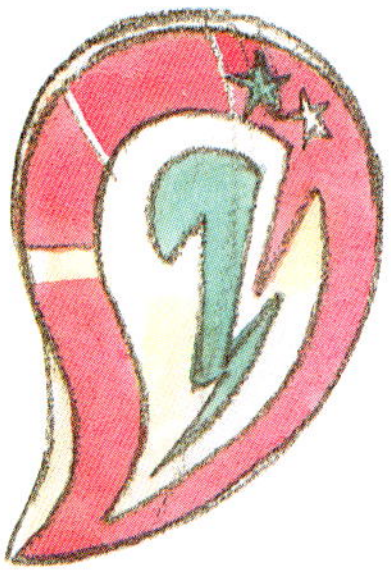

キジマは、20代の終わりには普通乗用車を買うことができました。給料は少しずつしか増えませんでしたが、それでもほかの中小企業《きぎょう》に入った同級生よりは、はるかにめぐまれていました。

32歳になった春、キジマは営業部長の親せきの娘《むすめ》と結《けつ》婚《こん》しました。自動車会社に入ってから、女に不自由したことがないので、結婚は考えていませんでしたが、その女はそれまでキジマがつきあったことのないタイプでした。都会の4年制大学を出ていて、有名で力のある官庁と証券会社につとめたことがあり、地元にもどってきてからは塾《じゅく》で英語を教えていました。顔やすがたはふつうでしたが、とてもまじめな性格でした。2歳年上というのが少し気になりましたが、お見合いでしゃぶしゃぶを食べたときに、ほとんどしゃべらないおとなしい人だったので、キジマは結婚を決めました。妻にする女は、あまり出しゃばらないで、だまって自分にしたがってくれそうな人がいいと思っていたのです。

キジマの結婚式とパーティは、とてもはなやかなものでした。完成したばかりの新しいホテルで行われ、自動車会社の社長をはじめ、役所のえらい人たち、それに地元の銀行の頭取《とうどり》、大学の総長や教授たち、有力者がすべてそろったと、あとあとまで話題になりました。

地元の放送局のアナウンサーが司会をつとめ、地元で活躍するクラシック音楽家がピアノやバイオリンを演奏しました。結婚式にかかったお金は、両方の家の親が出しました。

キジマは、豪華《ごうか》な会場や食事、それに集まった人びとを見て、自分ほど幸せな人間はそう多くはいないだろうと思いました。見せつけるかのように、小学校や中学、高校の同級生や友人たちもおおぜい呼びました。コジマにも招待状を送ったのですが、ドイツに行っているとかで、欠席の返事がきました。なんであいつがドイツなんかに行っているんだと、最初気になりましたが、じっさいに結婚式がはじまるとすぐに忘れてしまいました。あまりにも幸福感が強かったからです。キジマは、これ以上はないという強い力に守られているのを感じました。どこを探しても、不安の材料は見つかりませんでした。新婚《しんこん》旅行はハワイのワイキキに行きました。はじめての海外旅行でした。

結婚してからキジマは、家を建てるために貯金をはじめます。大きな家を建てるつもりでした。2歳年上の妻の父親は、都会に本社のある大きな保険会社のえらい人で、地元に広い土地を持っていて、家を建てるお金ができたら、土地を一部プレゼントするという約束をしてくれたのです。

結婚して3年目に、男の子が生まれました。キジマは営業部の次長になっていました。子どもが幼稚園の年少組に通いはじめたころに、キジマは、借金をして大きな家を建てます。お金持ちも、貧乏《びんぼう》な人も、中くらいの人も、ほとんど国じゅうの人が自動車を欲《ほ》しがっていたの

で、会社は毎年大きな利益を上げることができました。キジマは、運送会社やタクシー会社、それに郵便局など大口の取引先をおもに受け持っていて、仕事はつねに安定していました。さらに妻の父親の力を借り、保険会社の各支店に営業用の軽自動車をおさめ、つねにトップに近い成績を上げました。

30代半ばになったキジマは、酒の席も苦手ではなくなりました。上司が同席することが少なくなって、部下を連れて飲みに行くことが多くなったからです。取引先に食事やお酒をごちそうするお金も、少しずつ自由に使えるようになりました。酒の席でキジマは、部下たちからまるで王様のようなあつかいを受けます。キジマに気に入られようと部下たちは必死なのです。部下を見ていると、キジマは昔の自分を思い出しました。こいつらの中には本当はおれのことがきらいなやつもいるんだろうな、と思うこともありますが、あまりにいごこちがいいのでそんなことはすぐに忘れてしまいました。

取引先も、キジマを大事にしました。自動車会社でのキジマの評判は、外にも知れわたっていたからです。また地元の有力者をすべて集めた結婚式も、キジマの力を示すものでした。でもキジマは、いばったり、酒に酔《よ》って部下をしかりつけたり、そんなことはしません。かつて自分が味わったいやな思いを部下に味わわせたくない、ということではなくて、酒の席でいばったり、怒ったり、説教したりする人間はいつかかならずそのむくいを受けだれかに裏切られて落ちぶれていくことを学んでいたからです。

家のことは、妻にまかせていました。取引先との商談などで外での食事が多く、休日にはもっぱらゴルフに出かけて家にいることが少ないからです。

　でも、息子の入園式や保護者会や運動会には、ビデオカメラを持ってかならず行くようにしました。また夏休みには家族そろって旅行に行きましたし、妻や子どもの誕生日、それにクリスマスやお正月は家で過ごしました。それでもふだんは、家で食事をするのは週にせいぜい一度か二度でした。でも妻は、それがキジマの仕事だと理解しているらしくて、不満を聞いたことはありません。塾で働くのはやめていましたが、子どもが手のかからない年ごろになると、翻訳《ほんやく》の仕事をはじめました。

　キジマは、20代の半ばごろから、シールドのことをほとんど考えなくなりました。問題や不安は何もない、本当にそう思っていたからです。30代の終わりに十二指腸潰瘍《かいよう》で入院したくらいで、毎晩お酒を飲んでいるのにからだは健康でした。

キジマが、ふたたびシールドのことを考えるようになるのは40代の半ばを過ぎてしばらくしてからのことです。３年ほど前から、会社の売り上げが伸びなくなっていました。世の中が豊かになって、たいていの人はすでに自動車を持っていました。キジマが入社してから、安い軽自動車にはじまって、さまざまな種類の車がそれぞれの時代に合わせて流行しました。荷物をたくさん積めるライトバンという箱型の車がよく売れた時代もありました。スポーツカーが人気を集めたときもあれば、人がたくさん乗れるワゴン車や、高級な大型車、雪道や山道に向いている四輪駆《く》動《どう》車《しゃ》などが大量に売れたときもあります。

まず、そういった流行がなくなりました。だれもがある種類の車を欲しがるということがなくなり、ほとんどの客は自分が好きな車を自由に選ぶようになりました。また車があまりにも多くなって、道路が混雑するようになり、空気もよごれてきたために、お金はあるけど車はいらないという人もしだいに増えていたのです。それで

も売り上げが少なくなるというわけではなかったのですが、はっきりと伸びは止まりました。

会社というのは、これまでと同じように製品が売れつづけるという予想のもとに、新しい工場を建てたり、機械や設備を買ったり、そのために銀行からお金を借りたり、社員を増やしたりします。キジマの会社も、そうやって生産する車の数を増やしてきました。売り上げの伸びが止まったからといって、すぐに生産する車の数を減らしたり、工場を閉鎖《へいさ》したり、社員を減らしたりできるわけではありません。工場の建設、それに車をつくるための巨大な設備や機械にはものすごくお金がかかっているので、簡単にやめるわけにはいかないのです。また、会社の経営にかかわる人たちは、今は売り上げの伸びが止まったが、それは一時的なことだろうと判断しました。これまでずっと売り上げは伸びつづけてきたし、やがてまた売れるようになるだろうと楽観的に考えたのです。

しかし、売り上げは伸びるどころか、やがて前の年より少なくなってしまい、それが３年ほど続いて、売れなかった車が販売店《はんばいてん》から大量にもどってくるようになりました。車が売れ残ることなどなかったので、会社はそれらの車を輸送するお金や、大量の車を保管する土地を借りるためのお金を用意しなければなりませんでした。銀行から借り入れるお金が雪だるまのように増えていきます。キジマは、どうすればいいのかまったくわかりませんでした。みんなが車を欲しがり、みんなが車を買いたがるときの営業のやり方しか知らなかったからです。

キジマが46歳の誕生日をむかえた年、会社を経営する人が替《か》わりました。社長がやめて、取引している銀行から新しい社長がやってきて、ほかの自動車会社と合併《がっぺい》するという発表がありました。そして四つの工場で生産をやめ、数千人の社員を整理することになったのです。取締役という会社の経営陣《じん》の一人になっていたキジマは、責任をとって会社をやめることを命じられました。退職

するときにもらえるはずのまとまったお金ももらえませんでした。キジマをかわいがった部長は副社長まで出世していましたが、社長とともにクビになりました。助けてくれる人はどこにもいませんでした。

久しぶりにキジマは、シールドのことを考えました。それまで守ってくれていたシールドが消えてしまって、どこにもないことに気づいたのでした。

コジマは、37歳のときに、同じ年の女と結婚しました。コジマのとなりの県の出身者でしたが、知り合ったのはドイツです。そのあと3年ほどつきあったうえでの結婚でした。コジマがはじめてドイツに行ったのは、20代の終わりごろです。ドイツ語は、犬の訓練の合間に勉強するので時間がなくて、しかも通信教育だったので最初の2年間はほとんど進歩がありませんでした。なんとか話せるようになるまで、数年かかりました。コジマは、はじめてドイツに行って、ドイツ語が理解できるようになったときのことをよく覚えています。

フランクフルトの空港に降りたときは、はじめての海外という緊張もあって、入国や税関の職員が何を言っているのかぜんぜんわかりませんでした。おまえ話せないじゃないか、連れてくるんじゃなかったな、と所長はあきれていました。通信教育のテープで聞くドイツ語と、ドイツでドイツ人がじっさいに話すドイツ語は少し違っていて、とまどってしまったのです。

翌日、ドイツ南西部のマンハイムという町に、シェパードの専門家をたずねました。マンハイムは古い町で、教会や大学などとてもきれいな建物が多くありました。渦《うず》を巻くように石が敷きつめられた歩道を歩きながら、おまえがだいじょうぶって言うから通訳はやとってないんだよ、どうするんだよ、まったく、と所長が険しい顔で文句を言いました。コジマは、心臓がドキドキしてきて、まわりの景色も目に入りません。

ふと、所長が遠くに目をやって、おい見てみろ、と川の反対がわの岸を指さしました。町のまん中を流れる川の向こう岸を、すばらしい体形のシェパードがゆうぜん

と歩いていました。シェパードを連れているのは、買い物から帰るおばあさんです。買い物かごをさげたおばあさんを守るように、シェパードは１歩前を歩いています。季節は春で、タンポポに似た白いふわふわした花が一面に咲《さ》いていました。その風景があまりにも自然で、美しかったので、コジマはしばらくぼう然とながめていました。やっぱり本場は違うな、所長もうれしそうにそう言います。シェパードが好きな人間は、いい体形のシェパードがきれいな景色の中を歩いているのを見るだけで感動するのです。

　そうやっておばあさんとシェパードをながめていたときでした。歩道に面したカフェで、学生らしい男女が5人、コーヒーを飲みながら話していて、それが理解でき

る言葉として、ふいにコジマの耳に飛びこんできたのです。
わけのわからない形の粘土《ねんど》のかたまりが、とつぜん目の前で人や建物に形を変えた、そんな感じでした。

学生たちは、この町のアパートの家賃が高すぎるという話をしていました。所長が、だいじょうぶか、おまえ、と心配そうにコジマに声をかけました。コジマはびっくりしたような顔をして、ぼう然と立ち止まっていたのです。やがて、コジマはうれしさがこみ上げてきて、通りすぎるときに、ありがとうございました、とドイツ語で学生たちに言いました。学生たちは、ポカンとした顔でコジマをながめていました。

所長は１年か２年に一度の割合で、ドイツに犬の買いつけに行きますが、かならずコジマが同行するようになりました。ドイツには10日から２週間ほど滞在《たいざい》します。その間はずっといっしょなので、所長といろいろな話をすることになります。訓練所をつくったころの苦労話や、奥さんや息子さんや家庭のこと、そしてもちろんシェパードのことも話題になりました。コジマは、シェパードの訓練の話になると、そのときどんなにお酒を飲んでいても、かならずポケットからノートを出してメモを取り

ました。所長は、16歳からシェパードひと筋に生きてきた人で、まさに生き字引でした。メモを取るコジマを、所長はうれしそうにながめ、あんな犬がいた、こんな飼い主もいたと、きちょうな経験を話してくれるのです。やがて所長は、コジマをふかく信頼するようになりました。訓練所で、コジマにいじわるをする人間はもうだれもいませんでした。

妻となる女に出会ったのは、7回目のドイツ訪問のときです。彼女は、投資《とうし》を専門とする銀行につとめていて、ドイツ・シェパード犬協会のお金の運用を担当していました。協会の会長が開いたパーティで会ったのですが、最初コジマは、緊張してしまってうまく話ができませんでした。これまで女と間近で話すことがあまりなかったからです。女は、顔もすがたも、それに服装も地味でしたが、明るくて活発な人でした。ドイツの大学院に留学して、ドイツ人と結婚して、数年して別れ、そのままドイツに残ったのだと言いました。

コジマは、シェパードとその買いつけについて話しました。そういう話題しかありませんでした。シェパードは、体形が立派なものと、訓練性能がすぐれているものと、大きく二つに分かれていて、両方を同時にそなえている犬はあまりいないんです、とそういうことを言うと、女は、とても興味を示しました。

「シェパードは、ドイツの中部や南部で、牧羊犬《ぼくようけん》として使われていた犬たちから、すぐれた性能を持つ犬だけを集めて、改良に改良をかさねて、誕生しました。だから血統はものすごくきびしく管理されています。どんなシェパードでも、30代くらいさかのぼれば、ホーランド・フォン・グラフラートという1匹のオスにたどりつくんです。使役犬《しえきけん》なので、がっちりした体格が求められて、それがコンテストなどでは基準になっています。体形と、訓練性能ですけど、両立しないということではないんで

す。それぞれ繁《はん》殖《しよく》家《か》や訓練士が長年にわたって、研究して、交配してきたので、両方をかねそなえた犬はなかなかいないということです。どちらか一つにしぼらないと、どうしても中《ちゆう》途《と》はんぱになりがちですから」

体形のいい犬と、訓練性能がいい犬と、ドイツではどっちを探しているんですか、と女が聞きました。体形のいい犬です、とコジマはきっぱりと答えます。

「訓練性能は、外見ではわからないんです。どんな犬でも訓練しだいで、すばらしい使役犬になることもありますが、体形は持って生まれたものですから、ぼくらがどんなにがんばっても、変えることはできません。だから体形のいい犬を買いつけます」

シェパードが本当に好きなんですね、と聞かれたコジマは、しばらく下を向き、考えてから答えました。

「好きという言葉では足りません。もっとたいせつなものです」

じゃあ、人生のすべてですか？　女がそう聞くと、コジマは、おだやかな笑顔を見せました。

「すべてではないです。ほかにもたいせつなことはいろいろとあります。ただ、シェパードといっしょにいるときの自分は、とても自然なんです。無理がないんです」

話題がドイツ語に移って、どこの学校に行ったのかとコジマは聞かれました。通信教育だけだと答えると、女はとてもおどろいた表情を浮かべます。自分の部屋と、トイレと、風呂《ふろ》と、それにいつも持ち歩くやつと、4冊辞書を用意して、とにかく、思いついた単語や言いまわしを辞書で引いて覚えるようにしたんです、とコジマは照れくさそうに言いました。

そのあと、コジマがドイツを訪《おとず》れるたびに二人は、食事をしたり、小旅行をするようになりました。結婚は自然な成りゆきでした。所長も、まわりのドイツ人も二人を祝福しました。

フランクフルト郊外の小さな教会で二人だけの結婚式をあげ、コジマがつとめる訓練所のそばの一《いっ》軒《けん》家《や》を借りて、いっしょに住みました。コジマの妻の、投資に関する知識はすばらしく、すぐに地元の銀行が採用を決めました。

結婚して何年かたち、コジマは独立し、実家の近くの山の斜面に、自分の訓練所を持つことになりました。コジマの妻は、投資の知識を活《い》かし、訓練所を現代的な会社組織にして、証券を発行して資金を集めました。さらに数年後には、コジマは果樹園の跡地《あとち》に両親といっしょに住めるような家を建て、子どもにはめぐまれませんでしたが、安定した家庭をつくりました。

最初の出会いのときのように、コジマは妻といろいろなことをよく話しました。その日訓練所で起こったこと、また昔のことなどを、夕食のときに話すのです。ある日のこと、ドイツの知り合いから手作りのソーセージとビールが送られてきて、コジマは少し酔ってしまい、幼いころのことを妻に話しました。おれは、だれにでも良い子を演じるような、いやな子どもだったんだよ。コジマはこれまでだれにも言わなかったことを話しました。す

ると妻は、良い子を演じるのは悪いことではないし、まちがったことでもないと思うと言いました。
「良い子を演じるって、それは子どもなら、多かれ少なかれ、だれだってそういうことをするのよ。問題は、それに自分で気づいているかどうかじゃないのかな。気づいていない人は、あとで苦しむかもしれない」

きれいなもの、すばらしいもの、より良いものは、自分からいつもはるか遠くにあるように感じる、ということも言いました。
「程度の差はあるけど、それもたいていの人が持っている感覚でしょう。それがなくなると努力しなくなるし、かといって、ありすぎると病気になるかもしれない。問題は、その遠くにあるものが、いつか近づくときが来るはずだという思いを持てるかどうかじゃないのかな」
妻は、そういう思いを希望というのだと言いました。
次にコジマは、たいせつな人をがっかりさせると、死にたくなるほど悲しくなるんだ、と言いました。

「たいせつな人をがっかりさせたくない、というのは、とてもまともで、大事な感情だと思う。本で読んだんだけど、わたしたちの祖先は、狩《か》りで倒《たお》したえものを、自分だけで食べるんじゃなくて、ほら穴に住む家族や仲間のところまで運んだんだって。そして、たいせつな人が、おいしい、おいしいと言ってそれを食べるところを見て、喜びを感じたんだって。人間が、猿《さる》やほかの動物と違うところは、まっすぐに立って２本の足で歩くところでしょう。そうすると両手が自由に使えるの。その両手を使って、わたしたちの祖先は、えものを自分一人で食べないで、たいせつな人が待っているところまで運んだらしいのよ。わたしたちは、たいせつな人が喜ぶことを、何かしたいと思っていて、それに喜びを感じるんじゃないかしら。でも、問題は、それが簡単じゃないってことよ」

　なんでも知っているんだな、とコジマが感心すると、他人の悩《なや》みに答えるのはあんがい簡単で、自分の悩みに向かい合うのはむずかしいと言って、妻はほほえみまし

た。最後にコジマは、シールドと、キジマとの約束について話しました。すると妻は興味ぶかそうに、それであなたは今、シールドを持ってるの？　と聞いてきます。ああ持ってる、とコジマは答えました。

「それは何？」

「シェパードとドイツ語、そして君だ」

　コジマがそう答え、その三つに共通点はある？　と妻が聞きました。ある、とコジマは答えます。

「簡単には、手に入らない」

　妻がうれしそうな顔をして、じゃあキジマって人に、シールドの秘密がわかったって、いつか伝えないといけないわね、そう言いました。そうだな、とコジマは、昔を思い出すような、なつかしそうな表情になりました。

シールドだと思ったものは、本当はぜんぜん関係なかったのかもしれない、49歳になったキジマは、そういうことを考えています。ものごとはあっというまに、何がなんだかわからないうちに進んでいきました。会社をクビになったとき、キジマは47歳でした。あれからまだ２年しかたっていませんが、キジマは多くのものを失いました。収入がなくなり、退職するときにもらえるはずのまとまったお金がもらえなくて、大きな家を建てるために銀行から借りたお金を、返すことができなくなりました。新しくお金を借りるためにあちこちに出向きましたが、ほかの銀行はもちろん、だれも貸してはくれませんでした。

もちろんキジマは新しい仕事を探しました。取引先の知り合いにたのんだり、ハローワークにも通いました。取引先の、お酒や食事をごちそうしてあげた人たちですが、手のひらを返したように冷たくなり、無視され、キジマはがく然としました。あまりに冷たいので、以前おれは君に何か不愉快《ふゆかい》なことをしたのか、とその中の一人に聞いてみました。すると、別に、という答えが返ってきました。あとでキジマは気づいたのですが、彼らは何かに怒っているわけではなかったのです。彼らの対応が、キジマにはとても冷たく感じられました。でも、親しい友だちでもない人への対応としては、それはごくふつうのものだったのです。

ハローワークで営業とか経営の仕事を希望しても、47歳の元有名自動車会社取締役には求人はありませんでした。希望する年収は、と聞かれて、最低でも1500万と言

うと、ハローワークの職員は首をふって、ほほえみながら、無理ですね、と言いました。応募《おうぼ》の用紙には、どんな仕事ができますか、という質問があって、キジマは困りました。営業という言葉しか思いうかばなかったのです。おれはいったいどういう仕事をしてきたのだろうと、わからなくなりました。会社での自分を思い出すと、上司と話をしたり、取引先に電話をしたり、お酒を飲みながら取引先と笑い合っていたり、そんな光景しか思いうかびません。

恥《はじ》をしのんで妻の父親に相談し、紹介状《しょうかいじょう》を書いてもらって、何社か面接を受けることができました。あなたにとってそもそも営業とは何でしょう？という質問をされて、注文を取ることです、とキジマは自信たっぷりに答え、それで落とされました。キジマより10歳も若い一人の面接官が、古すぎます、と教えてくれました。今の時

代、営業の役割は、注文や顧客《こきゃく》の獲得《かくとく》ではなくて、顧客とのコミュニケーションに変わってきているんです。キジマは、そのあとで受けた面接で、教えられたとおりに答えたのですが、それでは顧客とのコミュニケーションにおいて、もっとも必要とされるものはなんですか、と突っこんだ質問をされ、何も言えずに、さらにみじめな思いをしました。

車を売り、ほかの金目《かねめ》のものも売りに出しましたが、そんなことで借りたお金を返せるわけがなく、やがて息子の学費が払えなくなったので、焦ったキジマは、妻にないしょで、サラ金からお金を借りてしまいました。何カ月かたって、自宅に借金を取り立てる人がやってくるようになり、ずっとがまんをして耐えていた妻も、怖がって実家にもどってしまいました。妻の実家に電話をして、父親が出て、恥を知れ、と言われたときに、キジマは涙が止まらなくなりました。キジマは、それ以来一度も妻に電話をしていません。

RECE

夏の暑い日のことでした。裁判所から連絡がきて、家が差しおさえられました。キジマは、身の回りのものをバッグにつめて、都会に向かい、出張でよく使った超高層のシティホテルに泊まりました。こんな高級ホテルには泊まれないとわかってはいたのですが、ひどくみじめな気分だったので、安宿に泊まる気力がなかったのです。

お金は家にあるだけ持ってきましたが、それでもそのシティホテルに３日泊まればなくなってしまう金額でした。１枚だけまだ無効《むこう》になっていないはずのクレジットカードがあったので、ホテルにはそれでチェックインしました。何泊《なんぱく》するのかと聞かれ、とりあえず３日間だと答えました。

チェックインをすませ、何もすることがなくて、外のコンビニでオニギリとウーロン茶を買って、部屋でテレビを見ながら食べようとすると、ドアがノックされました。顔を見せたのはフロント係で、クレジットカードが使用できなくなっております、そう言われました。

「以前よくお泊まりいただいたお客さまですので、わたくしどもとしましても、信用いたしましてクレジットカードを受け取らせていただいたのですが、あのあと、カード会社のほうから、お客さまのカードが無効の手続き中であるという連絡《れんらく》がありまして」

ほかのクレジットカードはないのかと聞かれ、ないと答えると、３泊分のお金をあずけてもらえないと泊められないと言われました。３泊分のお金を出してしまうと無一文になってしまいます。結局キジマは、そのホテルを出ることにしました。

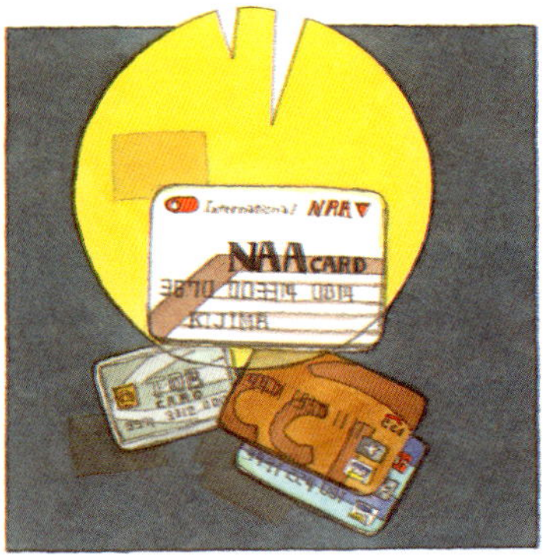

疲《つか》れたキジマは、ホテルの前に広がる公園で休むことにしました。それにまだオニギリをちゃんと食べていなくてお腹が空《す》いていたのです。公園には、広い遊歩道と、噴水《ふんすい》のある広場と、木々に囲まれた花壇《かだん》などがありました。遊歩道の途中に並べてあるベンチに腰をかけて、オニギリを食べていると、林の向こうがわに青いビニールシートと材木と段ボールでつくった小屋が見えました。そこからは、人間の汗のにおいがただよってきます。じ

っとそちらを見ていると、ふいにうしろから声をかけられ、ふり向くと髪《かみ》の毛が胸まで伸びたホームレスが立っていました。

「防虫スプレーあるよ、買うか。防虫スプレーがないと、寝られないぞ」

いやいらない、と返事をすると、そうか、とつぶやいてホームレスは遠ざかっていきました。キジマは、あらためて自分の格好をながめてみました。もうずいぶん長いことシャツやズボンを替えていないと気づきました。最後に風呂に入ったのはいつだったでしょうか。電気とガスが止められてからは、ときどき水でシャワーを浴びていたのですが、この１週間サラ金の取り立てがきびしかったので、それどころではありませんでした。散髪には、最後に行った面接以来行っていません。ホームレスと思われてもしょうがないな、いや、このままこの公園にいたらまちがいなくホームレスの仲間入りをすることになるだろう、キジマはそう思いました。

あれは、たしか捨てていなかった、そうつぶやいてキジマは、バッグの中をさぐります。手紙のようなものといっしょに、紙の箱が出てきました。箱にはネズミの絵が描いてあります。借金の取り立て屋がポストに置いていったものです。手紙は雑誌の文字を切り抜いて貼《は》りつけてあって、ドブネズミ用の毒薬をプレゼントするからこれで死ねや、と書いてありました。本当に死ねるのか、はっきりしたことはわかりませんでしたが、粉末を全部飲んで、山の中で横になっていればいずれ死ぬだろう、とキジマはそう思いました。

故《ふる》郷《さと》は、本当に久しぶりでした。村から町になり、一時は人口も増えましたが、自動車会社が工場を閉鎖してからは少しずつさびれていると聞いていました。キジマは、都会からもどる電車の中で、自殺について考えようとしましたが、うまく頭がまわりませんでした。その代わりに、いろいろな声が耳の奥でこだまします。恥を知れ、という妻の父親の声。古いんですよ、という面接官の声。そして、防虫スプレーあるよ、というホームレスの声。両親や、妻、それに息子が悲しむだろうという思いもわき上がってくるのですが、奇妙なことに、防虫スプレーあるよ、という声がくり返しひびいて、その思いがぐちゃぐちゃになり、両親や妻や息子がどういう人間だったかもあやふやになってしまうのです。故郷にもどるのは、くやしくて情けないことでした。でも、コジマとの約束があるからおれはあの山にもどらないと、と自分をごまかすと、少し楽になりました。

電車の中では、ほかの客からジロジロ見られました。でも気になりませんでした。シールドか、とキジマは考えました。名なしの老人は、からだの中心にあるたいせつでやわらかいものを守るためにシールドが必要だと言った、しかし、おれの、そのたいせつなものはマヒしている、まるでカビの生えたモチみたいにかたくなっている、キジマはそう感じました。だから、恥《は》ずかしいとか、みじめだとか、そういうことも感じなくなっているのだ、そう思いました。

故郷の山並みが遠くに見えてきたとき、コジマ、とキジマはつぶやきました。シールドの秘密がわかったぞ。シールドには２種類あるんだ。自分の内部にあるものと、外がわにあるものだ。昔ボクシングをやっていたときに得たシールドは、おれの内部に、たいせつなもののすぐとなりに、ぴったりと貼りつくようにしてつくられていった。会社で手に入れたシールドは巨大で強力だったが、おれ自身から遠く離《はな》れていたんだ。たしかにおれのたいせつでやわらかなものを守ってくれていたが、おれの中にはなかったんだよ。会社の周囲を取り巻く大きな塀《へい》のようなものだった。おれは会社の巨大なシールドを、自分だけの力でつくったものだと勘違《かんちが》いしてしまったのかもしれない。それがまちがいだったというわけじゃないんだよ。それだけしか見えなくなって、わざわざおれの内部のシールドをカビが生えるまで放《ほう》っておいて、外がわの巨大なシールドだけにたよるようになったんだ。だがコジマ、この秘密をおまえに教えることはできそうにないよ。

駅前にはビルが建ちならび、買い物をする人たちが商店街を行き交《か》っています。キジマは、だれにも声をかけられることなく商店街を抜けていきます。知り合いがいても、だれも声なんかかけないだろう、キジマはそう思って、下を向いて苦笑いしました。両親や妻や息子のことを考えるのがとても苦痛でした。妻の顔が頭に浮かんでくると、息苦しくて、その場に倒れこみそうになりました。両親や妻や息子に、こんなすがたは見せられない、それだけはたしかだ、キジマはそう思いました。その思いはとても強くて、ほかのことはどうでもいいような気がしてきました。

住宅街に入ると、目の前に山が見えてきました。建物が増えてまわりの景色は変わってしまっていますが、山の形は昔と同じでした。どうしておれは気づかなかったのだろう、キジマはそう思いながら住宅街を歩いていきます。

いつのころからか、キジマの生活は同じことのくり返しになっていました。記憶さえあいまいなのです。会社に入ったばかりのころ、酒の席で怒られた記憶ははっきりとあるのに、そのあとの、ちょうど結婚して子どもが生まれたあたりから、まるでビデオのコマ送りのような断片《だんぺん》的な記憶しかありません。どうしておれは毎日が同じことのくり返しだと気づかなかったんだろう。

住宅街では、あちこちで子どもたちの声が聞こえてきます。夏休みか、とキジマは思いました。子どもたちは、ビニールプールで遊んだり、水でっぽうをしたり、アゲハチョウやトンボを追っかけたりしていました。キジマがそばを通ると、お母さんたちが険しい顔をして子どもたちの前に立ちふさがります。

住宅街を抜け、やっと山のほうへ向かう道に出ました。昔と同じように砂利《じゃり》が敷いてあるだけで、ほそうされていなくて、キジマはなつかしさを覚えました。強い日差しに照らされた草の、独特のにおいがただよっています。シャツは汗でびっしょりになっています。斜面がきつくなったところで、キジマはシャツを脱《ぬ》ぎました。もとは畑だったところに、ぽつぽつと建物が見えます。開発が盛んだったころに建てられた倉庫や工場ですが、中には閉鎖されて残《ざん》がいだけになっている建物もありました。

自分の家があったところは、そちらを見ないように、走るように通りすぎました。両親はとっくに引っ越して、家も畑もないはずですが、そのあたりの地形を見るだけでつらくなりそうな気がしたのです。急いだので息が切れてきました。バッグを持っているのがバカバカしくなってきて、ネズミが描かれた箱だけを取り出してポケットに入れ、草むらに捨てました。

そのときです。上のほうから犬の吠え声が聞こえてきました。ついに耳までおかしくなったか、キジマはそう思いましたが、幼いころコジマといっしょに駆けまわった山の中腹で聞こえてきたので、なつかしいものが足元からこみ上げてきました。どうしてこんなところに犬がいるんだ。キジマは、その吠え声がシェパードのものだとすぐにわかりました。シェパードの吠え声は、コリーよりも低くて太いのです。犬がいては自殺できない、そう思いながらも、足は自然になつかしい吠え声のほうに向かいました。

やがて木々が途切《とぎ》れ、広大な草原の斜面に出ました。そこでキジマは、信じられないものを見ました。3頭のシェパードがものすごい勢いで斜面を走っていたのです。そしてそのうちの1頭が、キジマに気づいてもうぜんと近づいてきました。走りながら、牙《きば》を剝《む》いて、キジマにおそいかかろうとしているようです。ほかの2頭も、キジマのほうに走りだしました。最初のシェパードが目の前に迫《せま》ったとき、夏の強い日差しを切りさくように、するどい笛の音があたりにひびきわたりました。するとシェパードはビクンとからだをふるわせ、その場に止まって、笛の音のほうに顔を向けました。

笛を首から下げたコジマが、丘の向こうがわから現れ、こちらに近づいてきます。コジマは、まだキジマだと気づいていません。死ねなくなった、とキジマは思いました。コジマがもう一度笛を吹くと、3頭のシェパードはその場にさっとすわりました。シェパードの首のまわりの毛が風にそよいでいます。シェパードは、コジマが近づいてくると、うれしそうに尻尾をふっています。コジマは、3頭のシェパードを順番になでて、そのあとキジマの前に立ちました。シェパードといっしょだからでしょうか、キジマには、コジマが幼いころとまったく変わっていないように見えました。

「やあ」
　コジマがそう言って笑いかけました。
「やあ」
　キジマもそう言いました。よく来たな、どうしたんだ、とコジマが聞いて、キジマは、わかったんだ、と答えました。
「シールドの秘密がわかった」
　そうか、とコジマはまたほほえみました。気づくと、キジマもいつのまにかほほえんでいました。じつは、おれもわかったんだ、コジマはそう言いました。

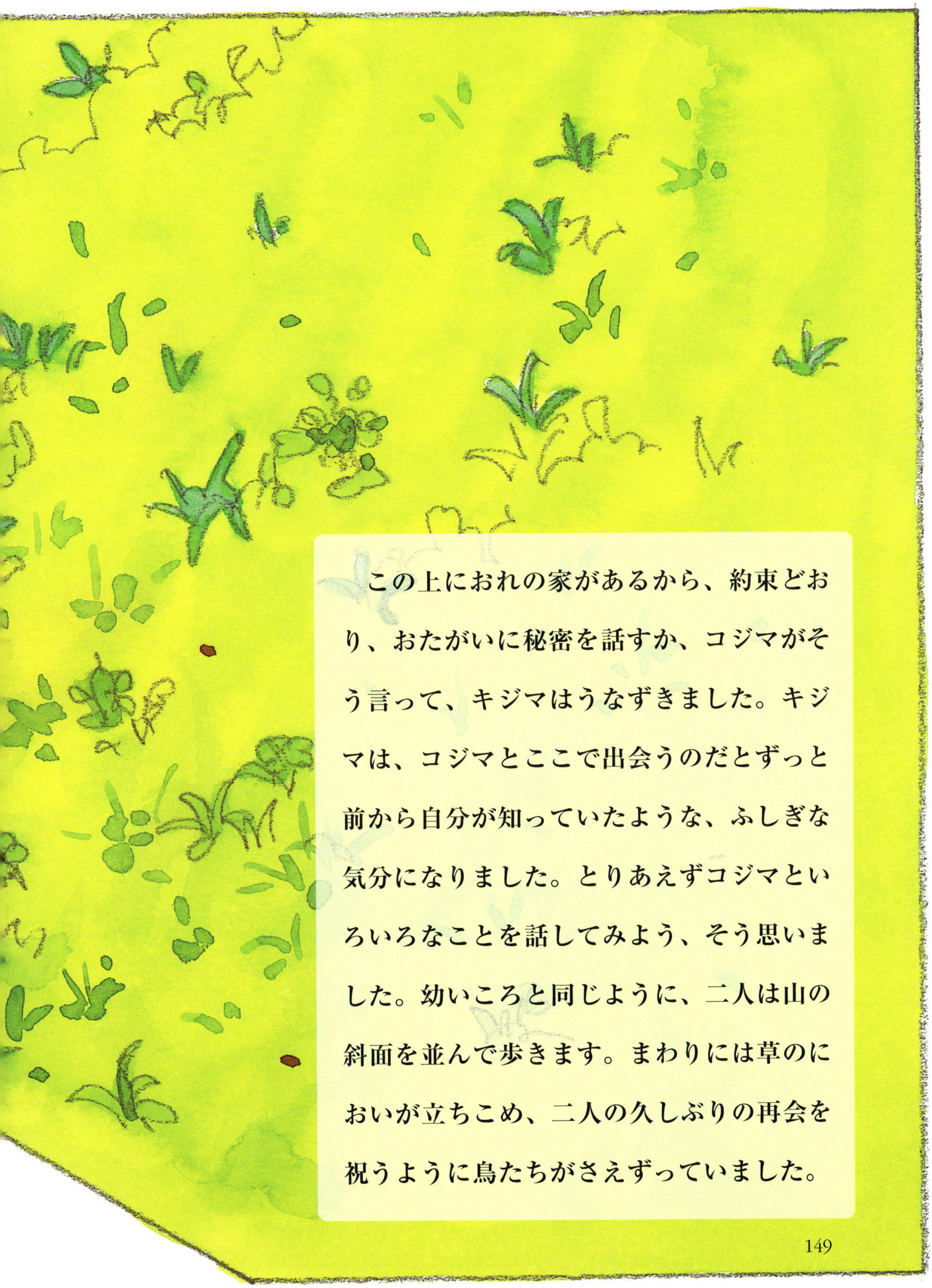

この上におれの家があるから、約束どおり、おたがいに秘密を話すか、コジマがそう言って、キジマはうなずきました。キジマは、コジマとここで出会うのだとずっと前から自分が知っていたような、ふしぎな気分になりました。とりあえずコジマといろいろなことを話してみよう、そう思いました。幼いころと同じように、二人は山の斜面を並んで歩きます。まわりには草のにおいが立ちこめ、二人の久しぶりの再会を祝うように鳥たちがさえずっていました。

おわりに

わたしたちは、久しぶりに幼なじみに会うとき、「あいつは変わらないな」とか「あいつは変わってしまったな」とか、そういうことを思います。その人のどこが変わってどこが不変なのか、これまでずっとわかりませんでした。数年前、ほとんど30年ぶりに中学時代の同級生と会いました。彼は大学卒業後ずっと外資の金融《きんゆう》機関で働いてきて、20年近くニューヨークやロンドンやシンガポールで勤務していたのですが、わたしたちは会ってすぐに中学時代そのままの雰囲気《ふんいき》と関係性で話しはじめました。おたがいに中学時代とは状況《じょうきょう》がまるっきり変化しているのに、なぜあのころと同じように話せるのだろうと不思議に思いました。

逆の場合もあります。郷里《ふるさと》で幼なじみと会うときなどに、話がかみ合わなくてクタクタに疲《つか》れることがあります。その幼なじみは子ども時代とほとんど印象が変わらないのに、昔と同じ雰囲気と関係性で会話することができないのです。

わたしは一つの仮説を立ててみました。わたしたちの心とか精神とか呼ばれるもののコア・中心部分はとてもやわらかくて傷つきやすく、わたしたちはいろいろなやり方でそれを守っているのではないか、というものです。そして守るためのいろいろな手段を「盾《たて》・SHIELD《シールド》」という言葉で象徴《しょうちょう》させることにしました。さらに「盾」には、個人的なものと集団的なものがあるのではないかと考えて、それをわかりやすく伝えるためにこの絵本をつくりました。官庁や大企業《だいきぎょう》のような強い力を持つ集団・組織へ加入することで得られる盾もあるし、外国語の習得、いろいろな技術・資格など個人で獲得《かくとく》する盾もあって、わたしたちはつねにそれらを併用《へいよう》しているのではないかと思います。たとえば日本国籍《こくせき》は、日本に居住している大部分の人が持つ盾で、海外に行くとそのことがわかります。

この絵本のテーマは、官庁・企業に代表される集団用の盾にたよるのは危険だからやめて、個人用の盾を獲得すればそれでいいというような単純なものではありません。ただしどのような盾を選ぶにしろ、それに依存《いぞん》するのは危険です。いずれにせよ、盾はとてもたいせつなものを象徴しています。自分はどんな盾を持っているのか、あるいは持とうとしているのか、読者のみなさんが考えるヒントをこの絵本で得ることができればと思います。

この本は、『13歳のハローワーク』に続くはまのゆかさんとの共同作業であり、幻冬舎の『13歳のハローワーク』&『半島を出よ』チームの全面的なバックアップを受けました。みなさんに感謝します。

12 FEB.06　横浜にて　村上龍

村上 龍
Ryu Murakami
•
1952年長崎県生まれ。76年に「限りなく透明に近いブルー」で第75回芥川賞を受賞。「好き」を切り口に職業を紹介した『13歳のハローワーク』、近未来の日本に訪れる危機を描いた『半島を出よ』など、現代社会を見つめ、新しい価値観を提示する話題作を発表し続けている。また、99年から金融経済を中心に扱ったメールマガジン「Japan Mail Media」の編集長を務めるなど、文学という枠を超えた活動を行っている。

はまのゆか
Yuka Hamano
•
1979年大阪府生まれ。大学在学中の99年に『あの金で何が買えたか』でデビュー。主な作品に『おじいさんは山へ金儲けに』『13歳のハローワーク』『だんじりまつり』などがある。
http://www.hamanoyuka.net

盾《シールド》
SHIELD

2006年3月25日　第1刷発行

[著者]
村上 龍
はまのゆか

[発行者]
見城 徹

[編集] 石原正康／日野淳／篠原一朗／岩垣良子／壷井円
[ブックデザイン] 平川彰（幻冬舎デザイン室）
[DTP] 株式会社シーズ

[発行所]
株式会社 幻冬舎
〒151-0051東京都渋谷区千駄ヶ谷4-9-7
電話　03（5411）6211（編集）
　　　03（5411）6222（営業）
　　　振替00120-8-767643
[印刷・製本所]
中央精版印刷株式会社

ISBN4-344-01144-9　C0093
幻冬舎ホームページアドレス　http://www.gentosha.co.jp/

この本に関するご意見・ご感想をメールでお寄せいただく場合は、
comment@gentosha.co.jpまで。